이야기 요정

글·정미진 그림·최연주

여기 새로운 이야기가 떠오르지 않아 괴로워하는 작가가 있습니다.

처음에는 곧 이야기가 떠오를 것이라고 스스로를 다녹였습니다.

책을 읽고,
영화를 보고,
사람들을 만나고,
여행을 가고,
환경을 바꾸어
보기도 했지요.

하지만 어떤 방법을 써도
좀처럼 이야기가 떠오르지 않자
작가는 두려워졌습니다.

더 이상,
그 어떤 이야기도
내게 오지 않을 거야.
나는 이제 끝났어.
완전히 끝났다고!

절망에 빠진 작가는 어느 날,
이야기 요정에 대한 소문을 듣게 됩니다.

> 이야기 요정을 만나면 기가 막힌 새로운 이야기를 가져다 준대요.
> 그게 정말이오? 이야기 요정을 어떻게 하면 만날 수 있소?
> 편지를 써야 한다던가... 나도 자세한 건 몰라요.

그길로 작가는 이야기 요정을 만날 수 있는 방법을 수소문하기 시작했습니다.

그러다 작가는 마침내
이야기 요정과 만날 수 있는 방법을 알고 있는 사람을 찾게 되었죠.

이야기 요정을 만나고 싶다고?
네! 간절히요!

하지만 그것은 아주 어려웠습니다.
이야기 요정을 만나려면 편지를 써야 하는데
그 방법이 여간 까다로운 것이 아니었기 때문이죠.

☀ 이야기 요정에게 편지 쓰는 법 ☀

준비물

- 100년 이상 된 오래된 책의 77페이지
- 30년 이상 숙성된 와인
- 7살이 넘은 비둘기의 꼬리털(뽑아서는 안 되고 자연스럽게 떨어진 털이어야 함)

방법

- 숙성한 와인을 3시간 이상 서서히 가열하여 농축한다.
- 와인 농축액을 비둘기 꼬리털로 찍어, 찢어 낸 77페이지에 편지를 쓴다.
- 편지를 쓰는 시간은 봄과 여름 사이, 비가 오고 난 다음 날 해가 뜨기 전 새벽이어야 한다.
- 편지를 쓴 뒤에는 비단으로 만든 봉투에 우표 대신 네잎클로버를 붙인다.
- 준비한 편지는 구름 없이 맑은 날, 바다가 보이는 우체통에 넣는다.

작가는 새로운 이야기를 간절히 원했기 때문에
그 모든 어려운 과정을 거쳐 이야기 요정에게 편지를 보내는 데 성공하고야 말죠.

작가는 자신의 염원이 담긴 편지가 이야기 요정에게 닿으리라 믿습니다.

얼마 후 이야기 요정들이 모여 사는 마을에 편지 하나가 도착합니다.

바로 작가가 보낸 편지지요.

요정님을 만나고 싶소. 요정님을 만나 새로운 이야기를 얻고 싶습니다.
간절히, 매우 간절히요.

편지를 받은 이야기 요정은 이 불쌍한 작가에게 전할
이야기 씨앗을 정성껏 골라 가방에 넉넉히 챙깁니다.

흠~
여행을
떠날 시간이 왔군.

그리고 곧장 편지에 적힌 주소를 향해 길을 나십니다.

하지만 운이 없게도 이야기 요정은 갑작스런 비를 만나게 됩니다.
그 바람에 주소가 빗물에 젖어 보이지 않게 되었지 뭡니까.

요정은 당황했지만 마음을 가다듬고 차분히 빗물에 흐려진 주소를 추측합니다.

음... 이 주소의 숫지 는 1일까 7일까?
아니 아니, 분명해. 이건 1이 맞을 거야.

요정은 자신의 추측대로 10번지에 도착하죠.

저기요, 여기 이야기를 찾고 있는 작가가 살고 있지 않나요?

문이 열리자 백발의 할머니가 혀를 끌끌 차며 말했어요.

작가는 모르겠고, 아이고, 왜 이렇게 젖었어!
감기 걸리겠구먼...

들어와, 들어와. 몸 좀 말리고 가.
어어, 그럴까요?

이야기 요정은 얼떨결에 할머니의 초대에 응하게 됩니다.

자, 귤이랑 따뜻한 보리차야. 마셔.
감사합니다.
아까 뭐라고 했지?
이야기를 잘하는 사람을 찾는다고?
아, 그게 아니라... 이야기를 찾는 작...
이야기라면 내가 좀 잘하지.
내 이야기 한번 들어 볼 테야?

할머니는 요정의 말을 끊고 긴 이야기를 시작했습니다.

나는 어릴 때 꿈이 선생님이었다네.
와, 멋지네요. 꿈을 이루셨나요?

꿈을 이루긴... 내가 자라던 때는 전쟁통이라 먹고살기 바빴구먼.
학교를 다니거나 꿈을 꾸거나 그런 일은 가당치도 않았어.

그저 시집가서 남편 잘 만나
애 낳아 키우고
명줄 안 끊어지고 사는 거
그게 모든 이의
꿈이자 희망이었다우.

...그랬군요.

그러니깐 내가 살아온 이야기, 그게 소설이고 영화지 뭐야.
책으로 쓰면 열 권은 쓰고도 남을 거야.

할머니의 이야기가 길어지자 요정은 그만 깜박 졸고 말았어요.

아이고, 주책이야. 늙으면 말이 많아져.
미안하구려. 지루했지?

아니요. 하나도 안 지루했어요!

요정은 얼른 솜털에 묻은 침을 닦았습니다.

집을 나서기 전 이야기 요정은 할머니에게 무언가 선물을 하고 싶었어요.

할머니, 달콤한 귤과 따뜻한 차 감사해요.
이건 제 선물. 이야기 씨앗이에요.

고맙구먼.
씨앗이라고?
파 옆에 심을까?
상추 옆에 심을까?

할머니는 이야기 씨앗을 받고는 어디에 심을지 곰곰이 생각했습니다.

비도 그쳤고 몸도 따뜻해졌고 이제 다시 떠나 볼까.

할머니와 인사를 나눈 후 이야기 요정은 다시 작가를 찾아 길을 나섰습니다.

그 시각
작가는 조금씩 초조해지기 시작합니다.

이야기 요정에게 내 편지가 도착했으려나?
중간에 잃어버리거나 한 건 아니겠지?
혹시 다른 편지랑 섞여 버렸다면?
읽고도 못 본 척하지는 않을까?

...아니야,
조금만 더 기다려 보자.

작가는 명상을 하며 조급한 마음을 애써 달래 봅니다.

...아무래도, 10번지가 아닌 70번지 같아.

작가의 집을 찾는 것이 혼란스러워진 요정은
버스 정류장에 서 있는 아이에게 물어보기로 했죠.

저기, 여기서 70번지로 가려면 어떻게 가야 하나요?

요정은 아이가 놀라지 않게 작은 목소리로 물었습니다.
하지만 무슨 일인지 아이는 요정의 물음에도 답 없이 혼잣말만 하고 있었죠.

저기? 누구랑 이야기하는 거예요?

그제야 아이는 요정을 발견하고 화들짝 놀랐습니다.

어... 혼자서 얘기했어요.
분명 누구랑 얘기하고 있는 것 같았는데...?

경계하던 아이는 요정의 동그란 눈과
갸우뚱한 고갯짓에 푸흐흡 웃음을 터뜨리며 말했습니다.

사실은 친구랑 이야기하고 있어요.
친구? 여긴 우리 둘뿐인 걸요?
음... 이런 이야기 하면 날 이상하게 보겠지만...
요정이 길을 묻는 것만큼 이상하겠어요?
하하하. 그런가요?

아이는 그제야 끼고 있던 손가락 인형을 보여 주었죠.

인사해요.
내 친구예요.

와- 안녕하세요.
이야기 요정이라고 해요.

요정이 손가락 인형에게 정중히 인사하자 아이는 경계심을 풀고
신이 나서 자랑하기 시작했습니다.

내 친구는 말이죠. 노래도 잘하고 춤도 잘 추고 무엇보다
재미있는 이야기를 아주 많이 알고 있어요!
재미있는 이야기라니! 그보다 좋은 건 없죠!

내 친구는 상상력이 정말 풍부해요.
언제나 흥미진진한 이야기를 잔뜩 들려준다니까요!
그거 정말 부러운데요?

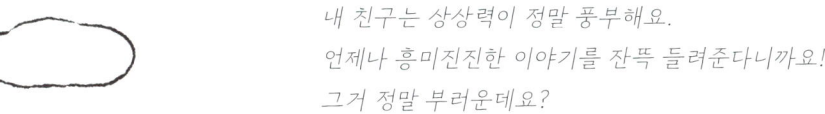

뭐? 요정님! 친구가 요정님에게
재미있는 이야기를 들려주고 싶대요!
우와! 영광이죠!

이야기 요정은 아이가 들려주는 이야기에,
아니, 손가락 인형이 들려준 이야기에 흠뻑 빠져들었습니다.

이야기를 듣다 보니 즐거워서
시간 가는 줄 몰랐네요.

그렇죠?
저도 친구가 만든 이야기를 듣다 보면 즐거워져요!

...지루함도 외로움도

쓸쓸함도 싹 사라진다니까요!

요정은 좋은 친구를 소개받은 감사의 의미로 아이에게 이야기 씨앗을 주었습니다.

여기 이 씨앗으로 친구와
더 재밌고 신나는 이야기
많이 만들도록 해요.

아이는 요정에게 받은 이야기 씨앗을 사탕 봉지로 잘 감쌌습니다.

감사해요!
아, 요정님이 찾고 있는 곳은
버스보다는 전철로 가는 게
더 빠를 거예요.

오! 그렇군요. 고마워요!

그 시각
작가는 낙담합니다.

> 그래, 이야기 요정이 있다고 믿었던 내가 바보지! 그런 게 있을 리가 없잖아?
> 멍청하게 그딴 미신을 믿다니...!

괴로운 작가는 먹고 놀고 울고 화를 내고
좌절하고...
또 좌절합니다.

난 이제 끝이야. 새로운 이야기를 쓰지 못하는 작가 따윈 세상에 아무 필요가 없다고!

그때였습니다.
누군가 작가에게 다가와 속삭였어요.

진짜 새로운 이야기가 가지고 싶나요?
누구요? 혹시... 이야기 요정?
아니, 난 이야기 유령입니다.
이야기... 유령...?

뭐, 요정과 하는 일은 어차피 비슷하니 요정이든 유령이든 신경 쓰지 않아도 됩니다.
진 이야기를 찾는 사람에게 이야기를 선물해 주거든요. 당신, 이야기가 필요한가요?
그럼요! 진심으로! 간절히! 새로운 이야기가 필요하오!

음... 하지만 이야기가 꼭 새로울 필요는 없지 않나요?
'새로운' 이야기가 아니어도 괜찮다면 얼마든지 이야기를 줄 수 있습니다.

'새로운' 이야기가 아니라면 어떤...?

어떤 이야기이건 상관없어요.
당신 주위 마음에 드는
이야기를 골라

아주 살짝 비틀어 멋지고 화려한 말로 꾸민다면 모두가 새로운 이야기라고 믿을 테니까요!

작가는 유령의 말에 홀린 듯 빠져듭니다.

그런가요...
그런가요...
그런가요....

그 시각 요정은
불길한 예감이 듭니다.

*에이취이이~!!! 킁킁킁,
어디서 이야기 유령 놈의 냄새가 나는데...!*

요정은 더는 늦으면 안 되겠다는 생각에
전철역으로 날아갔습니다.

요정은 가까스로 70번지로 가는 전철에 올라타 숨을 골랐습니다.
잠시 후 한 숙녀분이 요정의 옆자리에 앉았지요.
그런데 숙녀분이 갑자기 흐느끼지 뭡니까. 요정은 깜짝 놀라 물었어요.

왜, 왜 우는 거예요?
...키우던 고양이를 잃어버렸어요.
저런... 어디서요? 울지 말고 우리 함께 찾아볼까요?

그게 말이에요... 그러니까...
혹시 괜찮으시면 제 이야기 좀 들어주시겠어요?
네, 물론이죠. 일단 여기 눈물 좀 닦으세요.

사실 잃어버린 건 아니고, 고양이가 세상을 떠났어요.
에구구, 저런...
가슴속이 고양이 털로 꽉 막힌 것처럼 답답하고 숨이 잘 안 쉬어져요.

일단 심호흡을 해 봐요.
자 하나, 둘... 천천히... 들이마시고...

...소용없어요. 어떤 방법을 써 봐도 이 슬픔이 부풀기만 하고 가라앉질 않아요.

요정은 숙녀의 이야기가 슬퍼 함께 엉엉 울어버렸어요.

미안해요. 요정님까지 슬프게 만들었네요.
그런데 말이죠! 고양이는 지금쯤 어디에 있는 걸까요?
네? 어디에 있다니요? 그야...

요정은 숙녀를 위로해 주고 싶어 밝은 목소리로 말했습니다.

고양이는 어쩌면 엄청
재미있는 곳에서 친구들과
신나게 뛰어놀고 있을지도 몰라요.

요정의 말에 숙녀는 울음 대신 딸꾹질을 하기 시작했습니다.

...우리 고양이는 낯을 많이 가리는데 친구를 사귈 수 있을까요? (딸꾹)
음... 낯을 가리는 고양이들의 차 모임이 있다면 어떨까요?
조용히 각자 할 일을 하면서 차와 간식을 나눠 먹는 모임이에요!

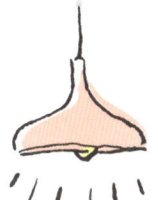

...우리 고양이는 알러지가 있어서 아무 간식이나 먹으면 안 되는데, 괜찮을까요? (딸꾹)

어... 그 모임은 채식주의묘들의 모임이에요!
건강하게 키운 채소와 식물 단백질만 간식으로 먹지요!

...그렇다고 해서 너무 많이 먹으면 안 될 텐데...
무릎이 안 좋아서 살이 찌면 안 되거든요. *(딸꾹)*

아... 차와 간식을 먹고 나면 함께 요가를 해요! 소화도 잘 되고 관절에도 좋지요!
그렇다면 다행이에요. 조금 안심이 되네요. (딸꾹)

요정과 이야기를 나누던 숙녀는 어느새 눈물도 딸꾹질도 멈추었습니다.

요정님의 이야기를 들으니 위로가 되어요.
앞으로 눈물이 날 때마다 고양이들의 티타임을 상상할게요.

네, 이제 울지 말아요.
대신 제가 상상에 도움이 되도록
이야기 씨앗을 드릴게요.

요정은 숙녀와 울지 않기로 약속한 뒤 이야기 씨앗을 선물로 주었어요.
숙녀는 요정에게 받은 이야기 씨앗을 고양이의 마지막 털과 송곳니가 담긴
작은 보석 상자에 소중히 넣어 두었답니다.

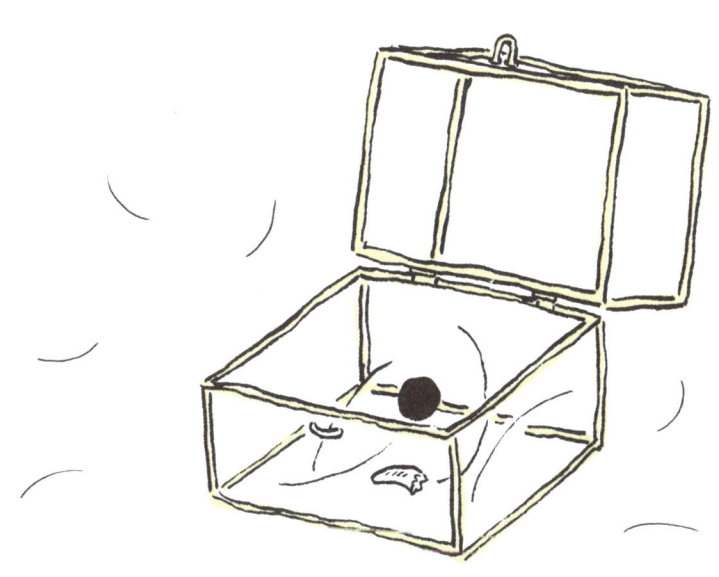

아차차- 이번에 내렸어야 했는데!!

숙녀의 이야기를 듣느라
요정은 그만 내릴 곳을 놓치고 낯선 역에 도착했어요.

아, 내 씨앗 가방!
여기 있네. 다행이다. 휴우~

요정은 문득 가방이 너무 가벼워졌다고 느꼈죠.
할머니, 아이, 숙녀에게 나눠 주고 보니
이야기 씨앗이 얼마 남지 않았기 때문이었어요.

어쩌지... 이러다간 작가에게 줄 이야기 씨앗이 모자라겠는걸.

그 시각 작가는 다행히 이야기 유령의 마수를 뿌리치고 자리를 빠져나왔습니다.

작가는 쫓아오는 유령을 피해 뛰듯이 걸어 전철역으로 향했습니다.
빈 전철에 탄 작가는 숨을 돌리며 생각해요.

왜 이야기 요정은 나를 찾아오지 않는 걸까...

앗, 잠깐만요...!

생각할수록 작가는 슬퍼졌어요.
그리고 재차 고민했죠.
이야기가 도대체 뭐길래 자신을 이렇게 슬프게 하는지를요.
게다가 작가는 슬픔에 빠져 눈앞에서 이야기 요정을 놓친 것도 알지 못했답니다.

마지막 역에 도착할 때까지
작가는 답을 찾지 못한 채 전철에서 내렸습니다.
그리고 비틀거리며 집으로 향했지요.

걷다 보니 문득
어린 시절이 떠올랐어요.
이야기를 처음 만들었던 그때가요.

어릴 적 작가는 잘 살펴보지 않으면 그곳에 있는 줄 모를 정도로
아무런 특징도 색깔도 냄새도 없는 아이였습니다.
바닥의 먼지처럼 강가의 이끼처럼 나무의 그림자처럼요.
종종 작가는 의문이 들었죠.

나는 왜 태어난 걸까.
나의 쓸모는,
내 존재의 이유는 뭘까.

그런 생각이 들 때마다 작가는 아주 작은 거짓말을 했답니다.
그 누구에게도 피해를 주지 않지만 그렇다고 사실은 아닌.
꽃잎의 이슬처럼 바다의 물결처럼 하늘의 별빛처럼
자신을 반짝이게 할 사소한 거짓말을요.

나는 어릴 적부터 거짓말을 아주 잘했지.
내가 거짓말을 하면 아무도 그게
거짓말인 줄 눈치를 못 챘을 정도라니까.
내가 거짓말을 그럴듯하게 할수록 사람들은 놀라워했어.

내 거짓말에 누구는 큰 소리로 웃고
누구는 훌쩍거리며 서글피 울기도 하고
어떤 이는 주먹으로
책상을 내려치며 화를 내기도 했지.

맞습니다.
사람들은 작가의 거짓말을 꽤나 좋아했어요.
그리고 거짓말을 아주 잘하는 작가에게
이렇게 말하고는 했지요.

사람들이 자신의 거짓말에, 아니 자신의 이야기에
울고 웃는 모습을 보며 작가는 비로소 깨달았습니다.

잠시 후 조금 늦게 전철에서 내린 이야기 요정은
짧은 다리를 바삐 움직여 작가의 집으로 달려갑니다.
그러다 바닥에 떨어진 무언가를 발견하지요.

이게 뭐야! 이야기 씨앗이잖아!
누가 이렇게 크고 싱싱한 씨앗을 흘려 둔 거지? 얼른 주워야지!

요정의 빈 가방은
어느새 이야기 씨앗으로 다시 가득 찼습니다.

집에 도착한 작가는 왠지 모르게 홀가분해진 기분이에요.
아주 오래 묵은 체기가 쑤욱 내려간 느낌이 들기도 했죠.
작가는 따뜻한 물에 목욕을 한 뒤 포근한 침대 안으로 들어갔습니다.

작가는 잠자리에 누워 이불을 코끝까지 당겨 덮었어요.
그리고 소원을 빌었답니다.

내일은 어떤 이야기라도 떠올랐으면 좋겠다.

드디어 이야기 요정이 작가의 집에 도착했습니다.
살짝 열린 창문을 통해 집 안으로 들어온 요정은
침대에 누워 있는 작가를 발견했지요.

제가 너무 늦었...!

요정은 곤히 잠든 작가가 깨지 않게
조심조심 침대 위에 앉았습니다.

그리고 가방에 담긴 이야기 씨앗을 탈탈 털어 작가의 머리맡에 뿌려 주었어요.

다음 날, 작가는 눈을 뜨며 외쳤지요.

이야기가 떠올랐어!!!

THE END

글 · 정미진

이야기 속에 숨어 세상을 바라볼 때 가장 편안함을 느낍니다.
글을 쓴 책으로 <있잖아, 누구씨> <잘 자, 코코> <휴게소>
<검은 반점> <나를 훔쳐 주세요> <누구나 다 아는 아무도 모르는>
<뼈> <탑승을 시작하겠습니다> 등이 있습니다.

그림 · 최연주

오늘 하루 유심히 보았던 것, 재미있는 상상, 사랑하는 모든 것을
자유롭게 그립니다. 대부분 낙서로 시작해서 작업까지 이어 나갑니다.
아버지와 함께 '후긴앤무닌'이라는 작은 브랜드를 운영하고 있습니다.
첫 그림책으로 <모 이야기>를 만들었습니다.

당신은 어떤 이야기 씨앗을 가지고 있나요?
오늘 밤 당신에게도 이야기 요정이 찾아갈지 몰라요.

이야기 요정

초판 1쇄 발행일 2024년 06월 20일
초판 2쇄 발행일 2025년 02월 20일

글	정미진
그림	최연주
펴낸곳	atnoon books
펴낸이	방준배
편집	정미진
디자인	소금까치
교정	엄재은

등록	2013년 08월 27일 제 2013-000257호
주소	서울시 마포구 연남로 30
홈페이지	www.atnoonbooks.net
유튜브	atnoonbooks0602
인스타그램	atnoonbooks
연락처	atnoonbooks@naver.com
FAX	0303-3440-8215
ISBN	979-11-88594-31-3 (07810)

정가 18,000원